COLECCIÓN CASCANUECES

# El campesino
# y los duendes

Adaptado por Maria Luise Völter
Ilustrado por Gennadij Spirin

**EDITORIAL EVEREST, S. A.**

Madrid • León • Barcelona • Sevilla • Granada • Valencia
Zaragoza • Las Palmas de Gran Canaria • La Coruña
Palma de Mallorca • Alicante • México • Lisboa

# QUIÉN IMAGINÓ ESTA HISTORIA Y PINTÓ LOS DIBUJOS:

María Konopnicka, conocida escritora polaca, vivió de 1842 a 1910. Creció en una pequeña ciudad y pasó sus años de juventud en un internado femenino de Varsovia. Se casó joven, con un latifundista más viejo que ella, y tuvo seis hijos. Un día decidió empezar una nueva vida y se fue a Varsovia. Una vez allí, estudió las obras de escritores famosos y pronto aprendió a escribir sus propias poesías e historias. Sus obras describen la vida pobre de pequeños campesinos y obreros de aquella época. El cuento «Los duendes y Marisa, la huerfanita» es conocido por todos los niños polacos.

Nuestra editorial presenta este cuento en dos volúmenes, cuyos títulos son:
«El campesino y los duendes» y
«Marisa y los duendes».

María Luise Völter, de Esslingen, R. F. A., ha adaptado el texto, creando una versión más actual.

Ambos libros están ilustrados con las magistrales acuarelas del conocido pintor moscovita Gennadij Spirin.

**Título Original:** *Der Bauer und die Heinzelmännchen*

**Traducción del alemán:** *Miguel Presa Pereira*

SEGUNDA EDICIÓN

© Verlag J. F. Schreiber GmbH, Postfach 285, 7 300 Esslingen, Germany
© Para las ilustraciones: Gennadij Spirin
EDITORIAL EVEREST, S. A.
Carretera León-La Coruña, km. 5 - LEÓN
ISBN: 84-241-5787-7
Depósito Legal: LE. 909-1997
*Printed in Spain* - Impreso en España

EDITORIAL EVERGRÁFICAS, S. L.
Carretera León-La Coruña, km. 5
LEÓN (España)

Maria Luise Völter

Basado en un cuento de Maria Konopnicka

# El campesino
# y los duendes

**Everest**

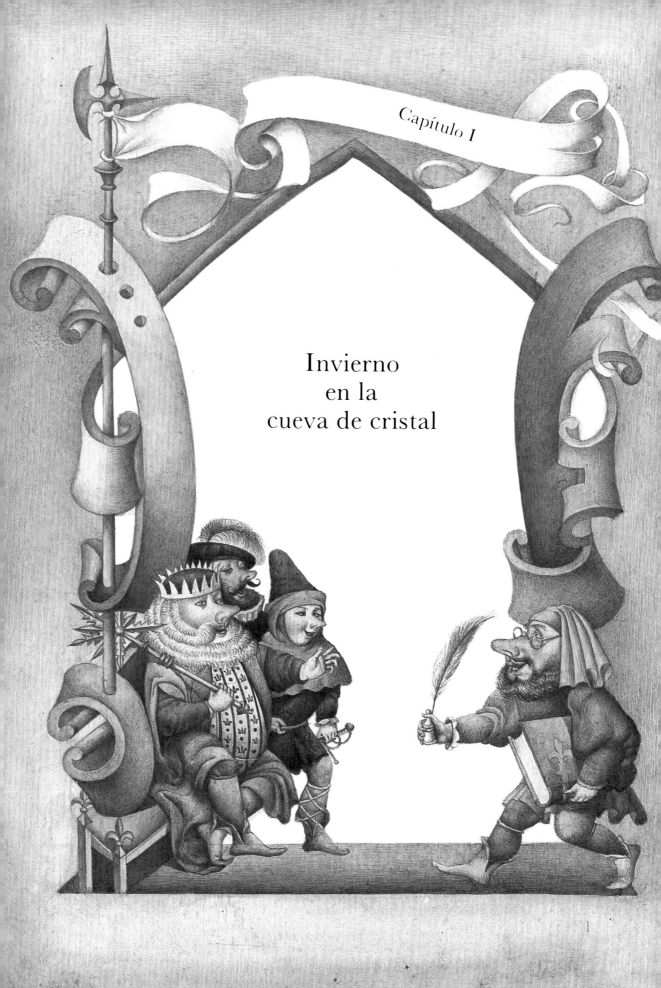

## Capítulo I

Invierno
en la
cueva de cristal

«De cómo el rey despierta
a los duendes del letargo invernal»

Cuando Glicerico VII, rey de los duendes, despertó de su largo letargo invernal notó que se había helado en el trono. La escarcha de su pelo brillaba como la plata. De su barba colgaban muchos carámbanos que tintineaban con cada movimiento. En su corona relucían las heladas gotas de rocío como perlas preciosas. Su abrigo color púrpura se había quedado tan rígido como una tabla, debido al frío.

Los súbditos del rey Glicerico, los duendes, estaban reunidos fielmente alrededor de su señor, enfundados en sus abrigos con caperuza. Durante el otoño se habían hecho capas con lana de ardilla y camas con follaje seco. Por esta razón a ellos les fue mucho mejor que a su buen rey, quien no podía llevar una ropa tan sencilla y normal. Cada año tenía que llevar el mismo abrigo color púrpura rojizo que habían llevado desde hacía siglos sus antecesores, los reyes de los duendes.

Este abrigo jamás había calentado a ningún rey. Estaba tejido, hacía mucho tiempo, con hilos de arañas rojas y era tan fino como una hoja de amapola. La ley de los duendes decía que era obligación del rey estar sentado siempre en su trono. El rey se helaba miserablemente. De vez en cuando se soplaba las manos, ya que las tenía tan tiesas que apenas podían sujetar el cetro.

A veces un rayo de sol se extraviaba por las profundidades de la tierra. Entonces intentaba calentarse con el resplandor del oro y el destello de los diamantes. Pero eso no era suficiente. El rey, viejo y pobre, temblaba de frío y le castañeteaban los dientes. Y todo eso lo sobrellevaba con gran dignidad. Esperaba, anhelante, la primavera. Un día llamó a uno de sus duendes:

—Lucecita, criado fiel —exclamó—, sube al exterior y mira a ver si ya ha llegado la primavera.

Lucecita respondió:

—¡Rey y señor, mi hora no habrá llegado todavía hasta que no estén verdes las ortigas! Y todavía falta mucho.

El rey inclinó la cabeza y siguió esperando.

Después de un rato habló:

—Plumita, ¿quieres echar un vistazo a ver si la primavera está ya cercana?

Pero éste tampoco tenía ganas de que se le congelara la cabeza y respondió:

—¡Rey y señor, mi hora no habrá llegado todavía hasta que no gorjeen las aguzanieves! Y todavía falta mucho.

El buen rey guardó silencio.

Pero como el frío le azotaba demasiado, después de un rato hizo señas a otro súbdito para que se acercara a él y le dijo:

—Sietepecas, ¿quieres hacerme el favor de mirar a ver si ya ha llegado la primavera?

Pero también Sietepecas tuvo miedo de encontrarse de cara con el invierno.

—¡Rey y señor —replicó—, mi hora no habrá llegado hasta que no despierten los pulgones! Y todavía falta mucho.

El rey siguió esperando. Así pasaron una y otra semana. Pero, una mañana, los carámbanos de hielo que el rey tenía en la barba empezaron a gotear, y la escarcha de sus manos se derritió. Otra vez sus dedos pudieron agarrar el cetro, y el abrigo color púrpura recobró otra vez su vieja suavidad. Por fin el rey consiguió levantarse de su trono de hielo y estiró un poco sus entumecidas piernas.

Después, cuando se rompió el hielo, las paredes comenzaron a crujir y restallar. Poco a poco toda la sala empezó a chorrear humedad.

También a los duendes se les caían los mocos.

Uno tras otro tuvieron que estornudar y, al final, hubo un concierto de estornudos. Sí, los duendes saben estornudar muy bien, ya que tienen una enorme nariz. Ningún consumidor de rapé lo podría hacer mejor.

Pero si no, son pequeños de estatura, muy pequeños.

Si un duende, por ejemplo, ve una bota, se preguntará inmediatamente si está delante de la torre de una iglesia; y, si pasa delante de la madriguera de una liebre, creerá que es el ayuntamiento.

Si uno de ellos se cayese en una jarra de cerveza gritaría, desesperado:

—¡Socorro, que me ahogo en este profundo estanque!

Un día la paciencia del indulgente rey se agotó. No aguantó más seguir esperando a la primavera. Golpeó fuertemente en el suelo con su cetro y dijo:

—Bien. ¡Ahora, basta de excusas! ¡A buscar la primavera!

Los duendes se miraron. El rey tenía razón: allí no había quien aguantase. Pero, ¿quién haría el peligroso camino hasta el exterior de la tierra?

Finalmente, el rey decidió:

—¡Sabilondo-Barriguita, vete a buscar la primavera!

Todas las miradas se volvieron hacia Sabilondo. Éste estaba sentado, como de costumbre, inclinado sobre un gran libro y escribiendo. Era el más erudito de todos los súbditos del rey Glicerico VII. En ese momento estaba haciendo investigaciones sobre la historia de los duendes.

Sabía mucho y escribía todo con esmero; y, lo que no sabía, lo inventaba, por lo que era un placer leer sus libros.

Sabilondo-Barriguita se sonó bien la nariz y después dijo, obediente:

—¡Como su majestad ordene!

«De cómo Sabilondo-Barriguita sube al exterior de la tierra
a buscar la primavera»

Sabilondo se preparó con mucha diligencia para el viaje. Afiló una pluma grande de ganso, llenó el tintero de tinta y se ató sus libros a la espalda. Después se echó la caperuza sobre su pelada cabeza y se despidió de sus compañeros lleno de melancolía. El rey lo abrazó, y de sus bondadosos ojos cayeron unas lágrimas que rodaron hasta el suelo. A toda prisa, Parlancete, el tesorero, las recogió para llevarlas a la cámara de los tesoros. Las lágrimas de los reyes eran las más preciosas y preciadas de las perlas.

A Sabilondo le costó mucho trabajo llegar al exterior. El suelo estaba húmedo y resbaladizo, y cuando Sabilondo había avanzado tres pasos hacia delante, resbalaba dos hacia atrás. A menudo le cerraban el paso grandes raíces de roble, y pronto se dio cuenta de que no estaba bien equipado para realizar una excursión por tan sinuosas montañas. Sus libros le estorbaban. Y, para más desgracia,

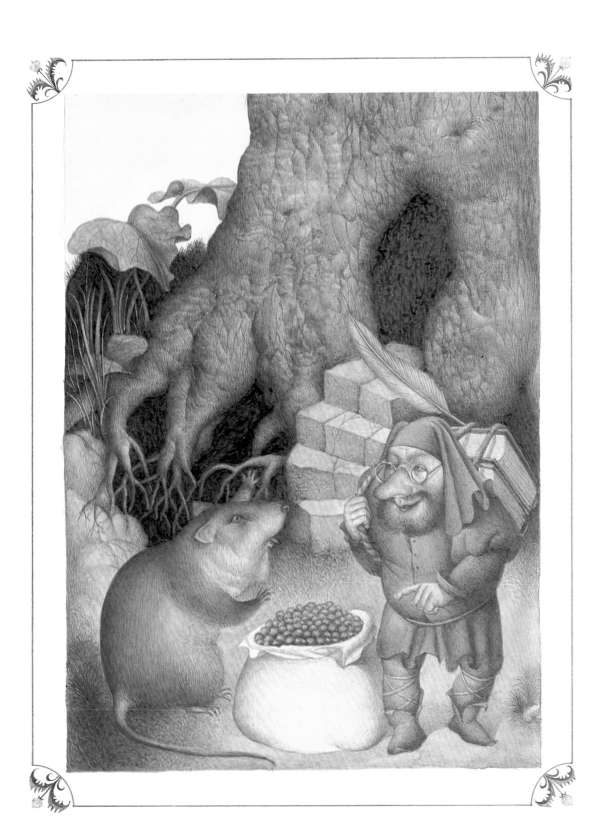

había olvidado llevar algo de comida. Frecuentemente creía que se caería de pura debilidad.

El sendero pasaba justo al lado de la casa de una marmota, que, sentada a la puerta, comía nueces de un saco. Con mucha amabilidad la marmota invitó a comer al agotado caminante. Comieron juntos y, después, Sabilondo tuvo una suave y mullida cama para dormir.

Al día siguiente Sabilondo llegó arriba. Un sol primaveral brillaba en el cielo azul, las praderas estaban verdes, se oía murmurar el agua del arroyo y la simiente de invierno ya nacía en los marrones campos. Entonces se acordó de una cancioncilla de primavera:

*Deja la tristeza, ahuyenta las penas,*
*alégrate con la luz de la mañana,*
*camina por los rayos del sol;*
*el mundo es tuyo, mira a tu alrededor.*

Por todos estos indicios cualquier duende habría reconocido que era primavera. Pero Sabilondo-Barriguita no. Había pasado toda su vida rodeado de libros y sólo creía lo que estaba escrito en ellos.

Pronto llegó nuestro explorador de primavera a un pueblo.

¡Ay, qué vida había allí! Los cigoñales de las fuentes crujían, el ganado bramaba, los carreros echaban pestes, haciendo restallar el látigo, y un grupo de niños jugaba al escondite.

En la fragua se reunieron algunas mujeres, que, con sus quejas, ahogaban todo el ruido. Sabilondo se escondió detrás de un zarzal y espió:

—¡Canalla, ladrón! —gritaba una mujer.

—¡A mí me robó la mejor gallina! ¡La gallina de oro que cada día ponía un huevo!

—¡Todos mis gansos están muertos! —se quejaba la siguiente—. ¡Me habrían dado, el próximo invierno, para una cama caliente!

Entonces intervino la mujer del herrero:

—¡Mi gallo, hermoso y altanero, ha muerto! ¡Hoy por la mañana sólo he encontrado un par de plumas!

Sabilondo escuchaba y sacudía la cabeza. Entonces el herrero salió a la puerta:

—¡Mujeres, dejad de quejaros! ¡Es mejor que no os lamentéis tanto y busquéis a ese demonio!

A toda prisa, las mujeres regresaron a sus casas para preparar un cuenco con carbones encendidos y buscar armas. Pronto regresaron con garrotes, rastrillos y palas. La mujer del herrero llevaba el cuenco ardiente, y marchaba en compañía de niños y perros que, gritaban, los unos, y, los otros, ladraban. Sabilondo tuvo miedo.

No podía explicarse con quién estaban las mujeres tan enfurecidas. Empezó a reflexionar sobre ello, de repente se rascó la frente, abrió su libro, mojó la pluma en la tinta y escribió: «Llegué al exterior de la tierra el segundo día de mi viaje, sin problemas, pero la primavera no se veía todavía por ninguna parte. Los hombres de aquí están muy excitados porque la noche pasada habían atacado enemigos y causado estragos entre los animales domésticos. Es curioso que aquí sólo vayan a la guerra mujeres y niños, mientras que los hombres se quedan en casa. El griterío de los niños y el ladrido de los perros sirven para levantar la moral de combate».

Después pasó la punta de la lengua por los labios y dibujó su firma con una elegante rúbrica: «Sabilondo-Barriguita, cronista real».

Pero pronto regresaron las mujeres del bosque con las manos vacías. Su intención no había sido perseguir a enemigos malignos, sino a un zorro. Pero éste había sido más inteligente que ellas y se había escapado de su casa por la otra salida que tenía su madriguera.

«De cómo el cronista real se encuentra con el zorro
Panceto y tiene noticia de Marisa»

A Sabilondo-Barriguita le pareció que en el reino de los hombres
había demasiado ruido para un erudito como él. Por eso salió en
seguida de su zarzal y penetró en la oscuridad del bosque. Pero no
había pasado más de una hora cuando se sintió cansado, hambriento
y también algo triste por no haber encontrado todavía a la primavera. Se sentó, y pronto se dio cuenta de que estaba a la entrada de la
casa que había cavado un animal. Entonces se acordó de lo amable
que había sido la marmota y pensó:

«Entraré en la cueva de la marmota. Quizá hayan sobrado un
par de granos para mí».

Fue tanteando con mucho miedo el oscuro pasillo, pero sin sospe-
char que estaba en la casa del zorro Panceto. Éste estaba sentado
tranquilamente allí, comiendo precisamente el gallo de la mujer del
herrero. Cuando sintió un ligero temblor del suelo, excavó rápida-
mente un hoyo para echar los restos de su comida y los tapó. Pero
fuera quedaron un par de plumas que brillaban traicioneramente.

Sabilondo cayó en la madriguera del zorro dando una voltereta. No obstante, el zorro Panceto le saludó afablemente.

—Buenos días tenga vuestra merced; ¡adelante! ¿Con quién tengo el honor de hablar?

—Señor, soy Sabilondo-Barriguita, el famoso cronista del rey de los duendes, Glicerico VII. Quería visitar a mi amiga la marmota. Le pido disculpas.

—No tiene importancia —respondió el zorro—. ¡Tome asiento! Es una grata casualidad que nos hayamos encontrado: yo soy el zorro Panceto y también investigo y escribo libros. Actualmente trabajo en una obra sobre *La importancia de los gansos en la alimentación de los zorros*. Vea vuestra merced cuántas plumas he utilizado —dijo señalando a las plumas de gallo.

Sabilondo no salía de su asombro. Si él había llegado a ser tan famoso con una sola pluma de ganso, ¡qué fama tendría el señor Panceto, que había utilizado tantas! Azorado, miró su pluma, gris y destrozada. El inteligente Panceto miraba con detenimiento a su huésped.

«¡Quién sabe si no lo necesitaré algún día!», pensaba, y después comentó:

—Estimado colega, cuando tenga necesidad de plumas nuevas y flamantes yo se las podré servir.

—¿Le sobran algunas? —preguntó Sabilondo.

—¡Oh, no! —respondió el zorro Panceto—. Pero conozco a una pobre niña huérfana que cuida siete hermosos gansos. Marisa se llama la pobre criatura, que no tiene padres y está sola en el mundo. Tengo la intención de ayudarla siempre que pueda. Mi corazón es el mejor del mundo y el objetivo primordial de mi vida es ayudar. Y, en agradecimiento, Marisa me regala plumas de ganso.

Mientras hablaba fue andando hasta la salida y se volvió:

—Apreciable colega, no olvide escribir en su inestimable obra nuestro encuentro de hoy. Cuente que se encontró con el protector de una niña huérfana y su rebaño de gansos, con el inigualable zorro, ¡Panceto!

Y, diciendo esto, desapareció de un salto por entre la espesura del bosque.

«De cómo calcula Sabilondo la llegada de la primavera»

Sabilondo-Barriguita se sentó sobre un suave musgo. Otra vez se encontró solo consigo mismo, su pipa, su libro y su tintero. Por el camino pasó un leñador con un haz de leña a la espalda. Sabilondo reflexionó un instante sobre si preguntarle dónde estaba la primavera. Pero lo dejó. Desde su visita al pueblo no confiaba en los hombres. «Prefiero mis libros», pensó. ¡Con tantos incidentes había olvidado consultar en su libro cuándo vendría la primavera! Por eso debía averiguarlo en seguida. A toda prisa soltó la cinta, puso el libro sobre sus rodillas, mojó el dedo y empezó a hojearlo.

—Tengo que buscar en la letra P —dijo entre dientes—. ¡Aquí! ¡Empiezan tantas palabras con P!

Fue bajando y recorriendo las líneas con el dedo: pato, precio, ...¡aquí!: «primavera». Ya quería empezar a leer, lleno de curiosidad, cuando dio un suspiro y exclamó:

—¡Véase «estaciones del año»!

Así que otra vez: mojar el dedo, hojear y buscar en la letra E. Allí estaba: «estaciones del año». Sabilondo leyó con mucha atención. Después se dio un golpe con la mano en la frente.

—¡Que no se me haya ocurrido antes! —gritó—. ¡Se puede calcular la primavera! ¡En seguida pongo manos a la obra!

Dicho y hecho. Se encendió una pipa, por una parte, para olvidar el hambre y, por otra, porque creía que así calculaba mejor. Y, después, empezó a escribir en su libro cifras y signos extraños.

Entre tanto había aparecido, sobre la cima de la colina, una alta figura de mujer que bendecía la tierra con las manos extendidas. Bajaba por la parte meridional, descalza, y allí donde ponía el pie nacía una margarita o una campanilla de las nieves. La rodeaba un dulce aroma de violeta y su largo pelo ondeaba al viento. Aquella magnífica figura era la mensajera de la primavera. Pronto se había acercado tanto a Sabilondo-Barriguita, que su túnica le cubrió totalmente un instante. Pero el sabio cronista estaba concentrado en sus cálculos, pensando y escribiendo, y, por eso, no notó nada. Aspiró profundamente la fragancia de mayo y sintió un suave murmullo, pero no se le ocurrió abrir los ojos.

A la puesta de sol Sabilondo-Barriguita había finalizado sus cálculos. El resultado era que ese año no podía venir la primavera porque se había extraviado en alta mar. Los números que había realizado demostraban que la primavera giraría ahora alrededor de la Tierra, en dirección opuesta, y que, en el mejor de los casos, vendría otra vez el próximo año a visitarlos.

Sabilondo-Barriguita subrayó el resultado con una línea doble. Miró orgulloso su trabajo y lo repasó otra vez todo. De repente, apartó la pluma, echó las manos a la cabeza y suspiró:

—¡Cielos, pero qué desgracia he calculado! ¿Cómo voy a explicar a mi pobre y congelado rey, al amado Glicerico VII, que este año no habrá primavera?

Esa pregunta no se podía responder ni con toda la erudición. Y, desanimado, Sabilondo apoyó la cabeza en su libro y se durmió. Tuvo un extraño sueño: iba por montañas y valles, intentando adelantar a la primavera para indicarle el camino correcto. Y, justo cuando ya estaba a punto de alcanzarla con su mano derecha, empujó el tintero. La tinta se derramó por el libro y lo puso negro. Ya no se podía leer ni una palabra más.

«De por qué Golosonio abandona la cueva de cristal»

Por esa época el ambiente en la cueva de cristal se había vuelto mucho más triste. Todos estaban preocupados de que Sabilondo no encontrara a la primavera. Y, como los víveres empezaban a escasear, cada duende recibió tres guisantes al día.

Sí, qué tiempos aquellos del otoño, cuando la despensa estaba llena. Entonces el cocinero Caldito gritaba cada mañana desde su cocina de raíces:

—Señorías, ¿qué les preparo hoy?

Golosonio respondía todas las veces:

—¡Bien y mucho!

Pues a Golosonio le gustaba mucho comer. Así, Caldito, se ponía manos a la obra guisando, amasando y friendo todo lo posible. A los duendes se les hacía la boca agua y casi no podían esperar a que sonara la campanilla llamándoles a comer. En esa época Golosonio estaba de muy buen humor todo el día. No paraba de comer, por lo que Curalotodo, el médico de la Corte, le amenazaba con el dedo índice:

—¡No eches a perder el estómago, Golosonio! Con un estómago indigesto se pasa mal el invierno.

Sin embargo, de vez en cuando, Curalotodo tenía que hacer un brebaje o recetar un día de abstinencia, porque alguno de sus pupilos se había pasado. Golosonio era un chico jovial, que sabía tocar la flauta de maravilla. Acostumbraba a sentarse a los pies del rey para divertirle con su música. En agradecimiento, el rey le había permitido llevar una gorra de dos borlas.

Pero ahora todo era distinto. El cocinero, Caldito, no tenía otra cosa que hacer que contar los guisantes. Y, de vez en cuando, había riñas y disputas, cosa normal cuando hay escasez. Sietepecas golpeó a Lucecita porque había pisado sus guisantes, Azulón echaba pestes contra Plumita porque éste le había tocado su platito, e incluso el

bueno de Caldito fue acusado de haber robado media alubia. Una y otra vez, los dos criados de la sala, Centinelo y Portalón, tenían que hacer de mediadores. El que más sufría las consecuencias del hambre era Golosonio, que todo el día estaba de mal humor. ¡Si Golosonio tenía hambre se ponía inaguantable! Un día incluso fue a quejarse al rey de que le habían dado sólo tres guisantes, ya que él tenía mucha más hambre y, por lo menos, necesitaba cuatro.

—¡Todos tienen el mismo derecho, Golosonio! —respondió el rey tranquilamente.

—¡Si es así, entonces subiré al exterior de la tierra! —dijo Golosonio—. En cualquier pobre despensa hallaré más que en este miserable palacio de cristal. Además encontraré a la primavera, de lo que, al parecer, no es capaz nuestro inteligente Barriguita.

Y, diciendo esto, empaquetó sus tres guisantes en un hatillo, se inclinó ante el rey y salió.

Pronto se dio cuenta de lo peligrosa y pendiente que era la subida. Casi se desanimó, pero le habría dado vergüenza regresar; así que, tomó fuerzas, y siguió escalando. Al pasar por delante de la casa de la marmota estaba todo cerrado. A Golosonio no se le ocurrió llamar a la puerta, pues no sabía que allí vivía una marmota. Se sentó en los cómodos peldaños y comió, solo, sus tres guisantes.

Al caer la tarde llegó arriba. Miró a su alrededor con curiosidad. A la izquierda se levantaba una alta montaña, en cuyas laderas ya había sombra. Un aire frío y húmedo salía del oscuro bosque de la montaña. Golosonio se estremeció:

—¡Ay, el invierno!

Pero a su derecha vio un extenso valle, claro todavía, debido al sol de la tarde, y en los surcos de los campos se veían ya brotes verdes.,

—¡Ay, la primavera! —se alegró Golosonio.

Pero, entonces, tuvo dudas:

—¿En qué quedamos, invierno o primavera? ¡Cómo lo puede uno saber! ¡Ni el rey Salomón lo habría sabido!

Pronto llegó la noche y a Golosonio se le metió la sangre en un puño. ¡Había tantos ruidos que no conocía!

—¡Si me hubiera quedado con mis compañeros! —suspiró mientras se preparaba la cama bajo un pequeño abeto de espeso follaje.

Cuando salió el sol, a Golosonio le despertaron unos fuertes aletazos. Salió del escondite y miró al cielo. Por el sur venía volando una bandada de cigüeñas, que se posaron en la pantanosa pradera que había cerca del arroyo.

—Tienen hambre y buscan algunas sabrosas ranas —dijo Golosonio, lleno de envidia—. ¡Yo también me pondré a buscar comida!

Pero por mucho que buscó no encontró nada. Las ardillas no habían dejado ni una sola nuez para él, y en las fincas no había ni un solo grano. El estómago le crujía al ver cómo las cigüeñas se saciaban con las ranas. Por fin estaban hartas y listas para volar. Entonces, en un segundo, Golosonio se decidió a saltar sobre la cigüeña más fuerte. Pensó que las cigüeñas anidaban sobre las casas de los campesinos y los tejados de las iglesias. Donde hay hombres siempre cae algo de comida para los duendes.

¡Ay, cómo volaban las cigüeñas sobre valles y bosques! A Golosonio le soplaba el viento en las orejas con fuerza, pero estaba caliente entre las suaves plumas de la cigüeña. Muy pronto avistó un pueblo bajo ellos. La cigüeña se dirigió al tejado de una apacible casa de campesino. Se posó justo en la rueda de carro que el campesino le había preparado. A causa de la rapidez del vuelo, y debido al hambre que tenía, Golosonio se había mareado. Bajó, deslizándose, de la cigüeña, para echar una ojeada desde el nido. Pero, ¡qué horror!, pisó en el borde del nido y cayó, rodando, por el tejado de paja. Tampoco se pudo sujetar al canalón y, así, fue dando vueltas por el aire. Todo le pasaba a gran velocidad: ventanas, paredes, árboles, matas, campesino, carro... Cabeza abajo, pensaba que había llegado su última hora. Entonces aterrizó sobre algo caliente y suave, y ese algo salió disparado como una flecha con él a bordo.

«¡Cierra los ojos y agárrate!», pensó.

Entonces le llegó un seductor aroma. Golosonio había caído sobre el gato, que acababa de robar un chorizo y le remordía la conciencia. Por eso había echado a correr al notar el ligero peso del duende sobre su espalda.

«¡Agárrate, agárrate! —se decía Golosonio, y sus manos se agarraban a la piel del gato—. ¡Si no consigo una parte del chorizo me muero de hambre!»

Cuando la campesina ya no les podía ver, el gato se revolcó en una mata de ortigas para librarse del incómodo jinete. Pero Golosonio se agarró más, aunque le arañaban y picaban. Tuvo suerte. El gato soltó el chorizo de nervioso que estaba y Golosonio le echó mano. Limpió el sabroso botín con una hoja y se lo comió. Pero el gato se largó, aturdido. No podía entender lo que había pasado. Golosonio se hartó de comer chorizo. Complacido, se sentó bajo una gran seta y se frotó la flaca barriga que había estado tan redonda en otoño y que, ahora, se pondría otra vez rechoncha. Se lo había propuesto.

Capítulo II

Las aventuras
de los
buscadores de la primavera

«De cómo Golosonio encuentra a su compañero Sabilondo»

Mientras Golosonio estaba allí sentado, contento de cómo le trataba la vida, oyó un ruido extraño. Aguzó los oídos y... ¡era música! Incluso reconoció el instrumento del que procedía: una lira.

—El músico no es que sea precisamente un artista —sentenció Golosonio, como si fuera un especialista, pues era muy amante de la música—. Pero el baile sí que me gusta, ¡allá voy!

Tomó el camino en dirección a la música y pronto estuvo sobre un pequeño claro, cerca del bosque. Allí, sobre la tierra, estaba sentado un hombre grande y robusto que tocaba la lira con sus toscas manos. Su túnica estaba vieja y hecha jirones, y sólo su sombrero estaba adornado con dos plumas de pavo real. Mientras tocaba miraba fijamente a una criatura diminuta que saltaba delante de él. Golosonio miraba y no daba crédito a sus ojos: lo que estaba saltando allí era un duende. Y no era otro que Sabilondo-Barriguita.

—¡Pero cómo es posible! Sabilondo, ¿qué estás haciendo ahí? El duende dejó de bailar.

—¿Eres tú, Golosonio? ¡Ven rápido y ayúdame, me muero, no lo aguanto!

Golosonio fue hacia él y los dos se fundieron en un abrazo.

—¿Qué haces tú aquí? —dijo Sabilondo con lágrimas en los ojos.

Golosonio descubrió, horrorizado, que su amigo estaba atado a una cadena de hierro. El hombre había dejado de tocar y observaba, curioso, lo que estaba ocurriendo a sus pies. De repente dio un salto, levantó los brazos y gritó:

—¡Pero qué suerte tengo! ¡Creía que había cazado un monito y ahora resulta que tengo dos enanitos! Saben hablar, reír y llorar como los hombres. ¡Será algo sensacional en el mercado! ¡Ay, pero cuánto dinero voy a ganar!

Entonces se agachó y ató también a Golosonio, lo más suave que pudo, con sus rudas manos, para no hacerle daño.

«Nunca más tendré que robar», se decía, pues era un ladrón a quien no le gustaba su profesión. «¡Pero qué peligroso es ganarse el pan robando! ¡Antes de darse uno cuenta te sacan un cuchillo o te echan al cuello un perro lobo! ¡No, prefiero ir de mercado en mercado haciendo bailar a los enanitos para mí!»

Después encendió una hoguera, se calentó una rica sopa de cebada y comió, feliz. Golosonio y Sabilondo también recibieron su parte. Pero ni siquiera Golosonio tenía ganas de comer. Sabilondo apartó a un lado a su amigo y le dijo:

—Tú, Golosonio —susurró—, mientras este monstruo intentaba enseñarme a bailar estuve pensando en lo que pone mi libro de historia sobre nosotros, los duendes.

—¡Ah, tú y tus libros! Tampoco nos sirven de nada. ¿Dónde está tu libro? ¡No lo veo por ninguna parte! —exclamó—. Mientras dormía derramé la tinta por él. Todo está perdido, incluso mi sabiduría, ya que no puedo acordarme de nada.

—¿De qué te quieres acordar tan urgentemente? Tenemos que ver el modo en cómo escaparnos de este ladrón. Esto es ahora lo único importante.

Sabilondo-Barriguita arrugó la frente:

—Sí, en la tercera página, arriba a la derecha, ponía que los duendes, antiguamente, fueron gigantes y que, en caso de extrema necesidad, y por breve tiempo, pueden convertirse otra vez en gigantes, si saben un refrán determinado.

—Claro, si... —suspiró Golosonio.

«De cómo los dos exploradores deben
bailar en el mercado»

Cuando el ladrón se hartó puso la cabeza de lado, se limpió la boca con la manga de la chaqueta y habló así a sus dos prisioneros:

—Bien, queridos, y, ahora... ¡a trabajar! Tú —dijo dirigiéndose a Golosonio— mira cómo baila tu compañero y hazlo igual que él. ¡No me parece que seas muy torpe!

Después puso a los dos sobre sus hombros, tomó su bastón y se dirigió al mercado. Cuanto más se acercaba el extraño trío a la ciudad, más animado se ponía el camino: campesinos con pesados carros; los más distinguidos con carros de caballos, y, los jinetes rápidos, metiéndose por entre todos. Delante de la puerta de la ciudad estaba esperando tanta gente que pasó un buen rato hasta que el ladrón pudo entrar. ¡Qué animado estaba el mercado! Pegadas unas a otras estaban las casetas de los comerciantes y los puestos de los campesinos. Ya había allí mucha gente, y cada vez llegaba más por la puerta de la ciudad. Tenían ganas de oír, ver, regatear y comprar después del largo invierno.

Los cestos rebosaban de las más sabrosas hortalizas y fresas tempranas, las gallinas aleteaban en sus jaulas y los pescadores ofrecían sus pescados. Cada uno elogiaba su mercancía e intentaba acallar la voz de su vecino gritando más fuerte.

—¡Huevos frescos, grandes como si fueran de ganso, venid a comprar y no os arrepentiréis!

—¡Sabrosos chorizos, jamón y carne, a buen precio!

Los comerciantes habían llegado de muy lejos a vender sus mercancías. Cazuelas de barro, jarros de estaño, cintas, cadenas, mazapanes y maravillosos juguetes. Más atrás se encontraban los tratantes de caballos y los clientes miraban los dientes de las bestias. Nuestro ladrón, con los duendes al hombro, iba tranquilamente por entre la multitud. Era más alto que los demás y, al encontrarse con su siniestra mirada, los hombres se apartaban a un lado.

Finalmente encontró un sitio libre; colocó un pequeño escenario y, entonces, su poderosa voz acalló todo el enorme e insistente bullicio del mercado:

*¡Venid, mujeres y hombres,*
*un milagro a presenciar!*
*Si tenéis ojos, mirad;*
*si orejas tenéis, escuchad;*
*que un milagro va a pasar.*


*Con verdaderos enanos*
*de las montañas vengo.*
*¡Saltan y bailan,*
*ríen y cantan!*
*Y os divertirán*
*con sus locas chanzas.*

Cuando la gente lo oyó corrieron en tropel, y muchos intentaban ponerse en primera fila a base de golpes y empujones. El ladrón pasaba su sombrero y, cuando le pareció que era suficiente para ser la primera vez, soltó a Golosonio y Sabilondo las cadenas. Después los puso en el escenario y les amenazó:

—¡Si tenéis aprecio a vuestra vida, empezad a bailar hasta que os resistan las piernas!

A continuación subió el telón; empezó a tocar la lira y los duendes a bailar y saltar, torpes y desmañados, por allí. Los curiosos que se habían congregado chillaban y se mondaban de risa.

Golosonio vio, preocupado, que su compañero estaba cansado. Sabilondo no era tan joven y jamás había bailado en su vida. Golosonio empezó a idear un plan para escapar del malvado hombre y, al fin, se le ocurrió una idea:

—¡Para, hermanito! —susurró—. ¡Vamos a escapar!

Después de un rato, el ladrón les permitió un descanso. Dejó su lira y vació el sombrero, que se había llenado otra vez de monedas, en una faltriquera. Entonces Golosonio sacó su flauta de entre sus ropas y empezó a tocar las canciones con las que divertía a su rey en el invierno. Los espectadores se callaron para no perderse ni una nota, y el ladrón se quedó tan boquiabierto tras el escenario que olvidó pasar otra vez el sombrero. Después de un rato Golosonio dejó de tocar y empezó a cantar:

*Hombres y mujeres,*
*prestad atención:*
*que a todos va a engañar*
*mi señor, el ladrón.*

La gente se miraba, incrédula. Pero Golosonio seguía cantando impertérrito:

*A ricos y pobres*
*robará sin rodeos.*

*Acercaos todos,*
*veréis que no miento.*
*¡Estad prevenidos!*

*¡Venid, hombres,*
*ahora mismo, preguntadle!*
*Después, prendedle, golpeadle*
*y zurradle la badana!*

*Preguntad sin miedo,*
*no acobardaros;*
*y si no responde,*
*moledle a palos.*

Al oír estas palabras, los hombres se enfurecieron y se unieron para atraparlo. Sin embargo, éste empezó a repartir golpes a diestro y siniestro, y pudo escapar por entre la multitud. Pero los duendes también consiguieron largarse, debido al revuelo que se armó, veloces como el viento.

«De cómo los duendes ayudan a una pobre
mujer y se convierten en gigantes»

Por la tarde los duendes llegaron a las cercanías de un bosque y, allí, se tiraron sobre la hierba a descansar.

—¡Por fin libres! —suspiró Golosonio aliviado.

Pero Sabilondo no se sentía. La cadena le había hecho una herida en la pierna. Se quejaba y lamentaba; entonces Golosonio se acordó de la botica de Curalotodo, el médico de la Corte:

«Con las heridas, querido amigo, siempre ayudan dos cosas», acostumbraba a decir cuando estaba preparando una pomada. Pero, ¿cuáles eran?

Golosonio reflexionó un instante. Por fin se acordó de lo que había querido decir el médico: ¡trébol y diente de león!

Buscó las dos hierbas; puso las hojas sobre la herida y las ató con un tallo de hierba. Sabilondo al principio protestó, ya que un tratamiento tan simple no era digno de un cronista de su majestad, pero, cuando los dolores disminuyeron, le estuvo muy agradecido a su amigo:

—Si no hubieras venido, Golosonio, ¿qué habría sido de mí, pobre sabio?

Esa era, pues, la situación: Sabilondo meditaba sobre su triste destino y, Golosonio, inspeccionaba la zona a la que habían llegado. De pronto exclamó:

—¡Eh, tú, Sabilondo, mira, esta es la pradera en la que el ladrón te enseñó a bailar!

Sabilondo se quedó atónito.

—¿Estás seguro de lo que dices? —preguntó finalmente.

—Mi hambriento estómago me dice que sí lo estoy —respondió, enseguida, Golosonio—. ¡Por aquí debería estar todavía la hoguera con el resto de la sopa de cebada! ¡Venga, vamos a buscarla! La comida ayuda al cuerpo y al alma. ¡Y mucho me temo que tú la necesitas tanto como yo!

Y, efectivamente, así fue: poco después encontraron la hoguera. Echaron ramas secas sobre las brasas, soplaron, y, pronto, se reavivaron las llamas alrededor de la cazuela. La sopa empezó a hervir; comieron, cada uno dos escudillas llenas, y parecía como si Golosonio no hubiese comido nunca nada mejor. Después de un buen rato empezaron a buscar alojamiento para pasar la noche. Entonces Golosonio golpeó con el pie algo duro y brillante y, cuando se agachó, vio que era la armónica que había sido olvidada por el ladrón. Golosonio no resistió la tentación: tenía que tocarla. Arrancó al instrumento maravillosas melodías, que fueron respondidas en seguida, desde los matorrales, por los pájaros que acababan de llegar del sur. Llenos de felicidad por su vuelta, porfiaban con la armónica de Golosonio. La música despertó a las flores de primavera que dormían. Las violetas y margaritas estiraban sus cabezas; los escaramujos y campanillas se abrían. Golosonio dejó de tocar, se sentó al lado de Sabilondo y no paró de mirar y escuchar.

De pronto todo cesó. Allí había una voz que no armonizaba con el resto. Sonaba triste y lastimera. Del bosque salió una consumida mujer, que iba recogiendo del suelo acederas y cantaba una triste canción:

*Días de primavera,*
*¡qué terrible aflicción!*
*Una triste preocupación*
*atormenta mi corazón.*
*El sótano, vacío;*
*vacíos, los platos;*
*los niños, hambrientos.*
*¡Ay, Dios, qué dolor!*

Después se calló, se volvió a agachar y siguió recogiendo acederas y ortigas para hacer una amarga sopa de verduras. Golosonio recordó la época en que los duendes habían convivido con los hombres y les ayudaban cuando lo necesitaban. En aquella época se había enterado de lo que significaba la hermosa primavera para los hombres: en el sótano, cajas vacías de patatas y toneles de berza fermentada; en la despensa ya no había harina ni huevos. Estaban contentos de poder echar a la vaca un poco de heno y, después, poder dar a sus hijos una taza de leche. Muy a menudo iban al gallinero para ver si, contra todo lo esperado, había algún huevo.

—¡Todo sigue igual en la vida de los hombres! —suspiró Golosonio, y se rompía la cabeza pensando en la forma de ayudar a la pobre mujer.

De repente se acordó de que la basura de la cueva de cristal se podía convertir en oro si daba el sol en ella.

—Sabilondo, ¿cuándo has sacudido tu túnica por última vez? —preguntó a su compañero.

—¡Qué preguntas haces! —respondió Sabilondo—. Desde que el administrador de la ropa ascendió a maestro de ceremonias, nunca más. ¿O acaso crees que es digno de un erudito limpiar su propia túnica?

—¡Eso está muy bien! —gritó Golosonio—. Entonces, vamos a aquel soleado lugar y vaciemos nuestras faltriqueras.

—Como quieras —respondió Sabilondo sin entender nada.

Pero, apenas el polvo hubo salido y estuvo a la luz del sol, empezó a brillar y se convirtió en oro puro. Los duendes se escondieron detrás de un matorral y, al llegar la mujer allí, casi se le paralizó el corazón:

—¡Ducados, ducados! —gritó de repente—. ¡Son ducados auténticos!

No sabía si estaba despierta o soñando. Se limpió los ojos, se pellizcó en el brazo, pero el oro siguió allí. Entonces cayó de rodillas y los ojos se le llenaron de lágrimas, pero esta vez eran lágrimas de alegría.

Como habían ayudado a la pobre mujer, los duendes se sintieron aliviados y estuvieron allí debatiendo sobre si podían hacer bien a alguien más.

—A quien toca ahora es a nuestro rey —dijo Sabilondo—. Está esperando que le informemos sobre la primavera.

—Sí —respondió Golosonio—; sin duda alguna, la primavera ha llegado: los pájaros cantan, las flores florecen, los pobres tienen hambre. ¿Qué más pruebas queremos? Deberíamos regresar en seguida a la cueva de cristal. Pero nuestras piernas son extremadamente cortas y estamos muy cansados.

—Tengo que acordarme de las palabras que nos convierten en gigantes —repuso Sabilondo, y se sumió otra vez en profundas meditaciones.

Entonces, de repente, empezó a temblar el suelo y el ladrón apareció delante de ellos. Había regresado a recoger su armónica y la cazuela.

—¡Ah, aquí están mis pequeños amigos que tan bien me traicionaron! —dijo malicioso—. ¡Esperad, ahora vais a ver!

Ya los iba a atrapar, cuando Sabilondo gritó:

*¡Crece,*
*crece, pequeñín!*
*Crece rápido, sin parar;*
*crece más alto que el árbol,*
*crece hasta el cielo y verás*
*cómo un gigante serás!*

Apenas había dicho Sabilondo esas palabras cuando él y Golosonio empezaron a crecer. Les crecieron las piernas, los brazos y todo el cuerpo creció en cuestión de segundos. Muy pronto habían alcanzado la altura del cinturón del ladrón. Éste se quedó maravillado, primero; luego, abrió los ojos para mirarlos, estupefacto, y, después, se asustó. Su cara se puso pálida como un sudario y balbuceó:

—¡Pero si son magos!

Cuando los enanos le llegaron a la altura de los ojos, retrocedió y se puso de rodillas:

—¡Tened compasión de mí!

Los enanos siguieron creciendo y, con ellos, sus vestidos. De repente los botones se hicieron tan grandes como balones de fútbol. Parecía como si las costuras fuesen a reventar en cualquier momento, pero el tejido se estiraba cada vez más. Dejaron de crecer cuando llegaron a las copas de los pinos.

Y, desde muy abajo, les llegaban las lamentaciones del ladrón:

—¡Piedad, grandes señores; tened compasión de mí, pobre canalla! —suplicaba.

Golosonio respondió, con voz amenazadora:

—Tal como te has portado con nosotros, seres indefensos, sin duda habrías merecido la muerte. Pero no somos monstruos y no deseamos hacer ningún mal a los hombres. Te concedemos la indulgencia, si haces méritos para ello.

—Haré lo que me pidáis —gritó todo lo que pudo el ladrón, pues tenía miedo de que no le oyeran allá arriba.

Esa vez respondió Sabilondo:

—Nos pondrás a hombros, como hiciste hoy por la mañana, y nos llevarás al palacio de cristal. Pero, ¡pobre de ti si nos haces algo! No nos debes maltratar, ni zarandear o hacer que nos rocen las ramas. No pases por los matorrales con tanta brutalidad. En pocas palabras: llévanos como en andas. ¡Como corresponde a miembros de la Corte de su majestad Glicerico VII!

Golosonio añadió:

—Además, debes preocuparte de buscar comida. Buena y en abundancia; ese fue siempre mi lema, y deseo conservarlo. ¿Has entendido?

—Pero, ¿cómo os podré llevar, si sois gigantes? Ni siquiera sería capaz de arrastrar uno solo de vuestros zapatos.

—No te preocupes, estamos de muy buen humor. No queremos molestarte, aunque sí te lo has merecido. De momento es suficiente con que hayas visto nuestras dimensiones y nuestro poder.

Mientras estuvo hablando Golosonio, Sabilondo pronunció otra nueva fórmula y, poco a poco, se fueron encogiendo, convirtiéndose de nuevo en los duendes que habían sido.

—Nos hacemos otra vez pequeños para que puedas llevarnos; pero queremos comer como si fuéramos adultos, para que lo sepas —le advirtió Golosonio.

El ladrón reía y lloraba a la vez de lo feliz que estaba por haber salido con vida. Vació su hatillo y preparó, sobre una hoja de lechuga, todo lo que encontró dentro para comer. Fue a toda prisa hasta un manantial a por agua fresca y vio cómo disfrutaban los dos del queso, pan y tocino. Entonces le hicieron señas y él les puso sobre sus hombros con mucha suavidad: Sabilondo, a la derecha, y, Golosonio, a la izquierda. Después se puso en camino. Al llegar a un cruce, y no saber por dónde seguir, Sabilondo le tiró del lóbulo de la oreja y el ladrón giró a la derecha. Cuando no sabía por dónde ir, Golosonio le tiraba del lóbulo de la oreja. Así estuvo caminando durante toda la noche. Cuando salió el sol llegó con los dos duendes a su destino. La cueva de cristal estaba atrancada con una enorme piedra. Sólo quedaba una estrecha rendija, por donde se habían deslizado los dos duendes cuando salieron a buscar a la primavera.

Golosonio quiso bajar a toda velocidad para avisar al rey y a sus hermanos, pero no le fue posible: estaba demasiado gordo. Intentó pasar del lado izquierdo y, después, del derecho, pero todo fue inútil. Metió la cabeza en la abertura, pero no pudo más; después lo intentó con las piernas por delante, pero no había nada que hacer.

Finalmente Golosonio se puso furioso y regañó al ladrón:

—¡Eh, tú, como ves, la piedra ha crecido! ¡Quítala de en medio!

El ladrón, que entre tanto había recobrado el ánimo, respondió:

—Gran señor, sabes que hago todo lo que ordenas, pero devuélveme mi armónica. Sin ella soy un pobre diablo. Pero, con la música, me podría ganar la vida honradamente en el futuro.

Golosonio le dio el instrumento:

—Cuando hayas quitado la piedra podrás marcharte. Pero, ¡cumple lo prometido!

El hombre se apoyó contra la piedra, que, con gran estrépito, bajó rodando hasta el valle.

En ese momento, entraron en la cueva de cristal la luz y el sol, y mil voces gritaron:

—¡Ha entrado el sol, tenemos sol, el sol!

Capítulo III

La salida
de la
cueva de cristal

«De cómo el campesino Azadonio descubre a los duendes»

A medianoche pasó trotando una mula que tiraba de un carro vacío. En el pescante iba sentado un campesino que sujetaba débilmente las riendas, pues el caballo sabía el camino de vuelta a casa y no era necesario que le guiara. El campesino Azadonio estaba agobiado.

Ayer había ganado demasiado poco con su carro, aunque había sido día de mercado. Los pobres habían llevado sus mercancías sobre sus espaldas, porque no podían pagar sus servicios de transporte. Y, los más ricos, tampoco lo necesitaban, ya que tenían sus caballos.

En casa le esperaban dos niños:

«Se habrán ido a la cama con hambre y llorando», presintió tristemente Azadonio.

Tampoco tenían madre: había muerto de tuberculosis, aunque él había hecho venir a un médico caro de la ciudad. Desde entonces el negocio de Azadonio había ido cuesta abajo: la casa empezó a desmoronarse; el jardín se cubrió de maleza y, finalmente, tuvo que vender las fincas. Ahora sólo tenía la mula y el carro, y apenas ganaba lo justo para vivir.

De repente Azadonio se asustó. Allá, a lo lejos, había luz; un reflejo raro y extraño que se movía, inquieto, de acá para allá.

No podía ser la luna, porque ya se había ocultado. Tampoco había pueblo alguno cerca y, para ser un fuego normal, era demasiado blanco.

«Tengo que saber lo que es», pensó Azadonio. «Posiblemente sea un tesoro. Quizá alguien ha enterrado allí su oro y algún animal lo ha desenterrado. ¡Quién sabe! ¡Oh, qué bien me vendrían un par de monedas de oro!»

—¡Arre, arre! —gritó a su caballo, haciendo restallar el látigo.

El viejo rocín tuvo la sensación de que en ese momento todo dependía de él y corrió lo más rápido que pudo.

Cuanto más se aproximaba, el reflejo aumentaba y se hacía más claro. La rocosa pared que había encima brillaba como el arco iris. El corazón de Azadonio latía con fuerza. Sentía que su vida iba a cambiar a partir de ese momento.

De pronto, estuvo tan cerca que pudo distinguir al trasluz muchos pequeños hombrecitos. Se presentía que estaban allí más que se les veía por lo diminutos que eran.

Iban a toda prisa, arrastrando pesadas cosas de acá para allá. Azadonio descubrió que cada vez salían, en mayor cantidad, de la rendija de una roca, llevando maletas y cajitas.

—¡Duendes! —susurró el campesino, y un escalofrío le recorrió toda la espalda.

Intentó conducir su carro por un lado y escapar de allí lo más inadvertidamente posible, pero los duendes ya lo tenían rodeado y le decían con sus agudas vocecitas:

—¡Para, campesino, déjanos ir contigo!

No esperaron a la respuesta y, antes de que Azadonio se diera cuenta, su carro estaba lleno de duendes. Trepaban por los radios y la vara, e intentaban subir por el eje trasero. Se metieron por entre los tablones y brincaron por allí. Después empezaron a cargarlo todo. Los que se habían quedado abajo, pasaban a los otros el equipaje en un abrir y cerrar de ojos.

Azadonio miraba todo aquello con la respiración contenida. Entonces descubrió que aquel brillo salía de las cajas y cofrecillos que estaban guarnecidos con piedras preciosas. Había barras de oro y plata que los enanos tiraban al carro como si fueran de hierro normal. Subieron también sacos de perlas y... ¡qué gritos y chillidos había allí!

El campesino Azadonio no sabía bien si alegrarse o tener miedo. Se acordó de que su abuela, de vez en cuando, le había contado que los duendes ayudaban a los hombres. Siempre había creído que eran cotilleos de mujeres. ¿Qué hombre hecho y derecho cree en semejantes habladurías? Pero ahora estaban allí en persona, habían secuestrado, sin muchas contemplaciones, su carro y estaban por allí pululando como si fuesen hormigas sobre un hormiguero. Finalmente acabaron el trabajo. Delante de la entrada a la cueva sólo quedaban un par de cajas. Los duendes se colocaron en fila y formaron un pasillo entre la cueva y el carro. La luz que salía de la rendija de la roca se hizo más clara y brillante, por lo que el campesino se tuvo que poner la mano delante de los ojos. Pero miraba por entre los dedos. Fue entonces cuando vio al rey. Salía de la cueva vestido con ropas de fiesta: abrigo color púrpura y una magnífica corona en la cabeza. Su cetro era una estrella de oro, adornado en el centro con un enorme diamante excelentemente tallado. La piedra preciosa reflejaba la luz en mil colores. El rey marchaba con solemnidad por el pasillo formado por sus súbditos, que se inclinaban ante él respetuosos. Azadonio jamás hubiera pensado que un ser tan pequeño pudiera ser tan majestuoso. Cuando llegó el séquito al carro, el rey bajó su cetro y se dirigió a Azadonio:

*Saludos, valiente héroe,*
*¿con nosotros osas ir?*
*Pues, al mundo de la primavera*
*llévanos antes de que amanezca.*

Luego el viejo rey quiso subir al carro y miró hacia arriba, desconcertado. Los cortesanos saltaban alrededor y todos daban consejos. Finalmente empezó a trepar por la rueda. Era difícil. Primero el abrigo color púrpura quedó trabado entre los radios, después el cetro y, finalmente, casi se le cae la corona.

El pobre rey trepaba y trepaba. Cuando acabó de subir a la rueda, tuvo que tomar aliento; pero lo hizo con gran dignidad. Después entró al carro, pasando por encima de muchas manos que le ayudaban. Allí sus pajes le habían buscado un sitio cómodo, tapizado de terciopelo.

Así llego el rey otra vez a su trono.

Sus súbditos estaban escondidos por todos los rincones, instalados lo más cómodamente que pudieron.

«De adónde debía Azadonio llevar a los duendes»

Cuando todos los duendes se sentaron en el carro, le dijeron:

*Eh, campesino, vamos,*
*que todos en el carro estamos.*
*¡Arrea rápido el rocín,*
*y marchémonos, por fin!*

—Pero, ¿adónde os llevo? —preguntó.
Los duendes respondieron a coro:

*¡Por arroyos y por campos,*
*por los bosques, a los pueblos.*
*Llévanos allí, buen hombre,*
*donde sintamos calor,*
*donde feliz ría el sol,*
*donde la gran primavera*
*luzca todo su esplendor!*

El bueno de Azadonio seguía dudando:

—¿Qué me vais a pagar? —preguntó.

Los duendes, a coro, siguieron cantando:

*Una pequeña amapola,*
*una palabra cortés,*
*un pedacito de trono:*
*ese salario tendréis.*

Entonces Azadonio se impacientó:

—El carro es mío y el caballo también. ¡Si lo utilizáis, tenéis que pagarme el transporte! Es una vergüenza que seáis tan ricos y queráis todavía regatear conmigo.

Esta vez fue el rey quien respondió:

—¡No seas envidioso, campesino Azadonio! Nosotros no somos los propietarios de estos tesoros. Los guardamos para la Madre Tierra. A ella le pertenece todo.

—¿Y dónde encontráis todas estas cosas tan maravillosas?

—Todo lo que el hombre derrocha en la tierra, se transforma bajo ella en metal imperecedero o en piedras preciosas. El tiempo perdido se hace zafiro, las palabras superfluas, perlas, y el pan desechado, oro. La tierra no quiere que sus valiosos productos perezcan —respondió el rey.

—Buen rey, me dices cosas que no entiendo. Sólo sé una cosa: que mis hijos tienen hambre y que necesito mi salario para alimentarlos a ellos y a mí mismo. Tus súbditos, los enanos, no me toman en serio, y tú me despachas con nobles palabras. Así que te pregunto otra vez: ¿qué voy a recibir por mi trabajo?

—Sí, lo sé: mis duendes son orgullosos. Se alegran del sol y la primavera. El invierno fue duro. Y respecto a tu paga, no te preocupes: te pagaremos justamente. Tienes mi palabra de rey.

—Está bien —dijo Azadonio—, me basta con tu palabra. Ahora, dime, adónde vamos.

Antes de que el rey pudiera responder, Sabilondo-Barriguita se subió a una caja y dijo:

—Ningún reino puede existir sin ciencia, y no hay ciencia excepto en los libros. Llévanos donde haya gansos para que pueda tener, por fin, nuevas plumas para escribir.

Entonces Golosonio saltó:

—¡De ninguna manera! Donde no haya comida no sirve de nada la ciencia. ¡Llévanos donde haya fuego, sopa y donde borbote el tocino en la sartén!

Entonces se originó un gran griterío en el carro. Todos agitaban las manos y gritaban hacia dónde debía dirigirse. Los más delgados querían ir a un lugar donde hiciese calor; los gordos querían comer; los perezosos, ir al país de Jauja... El que más gritaba era Golosonio. Era igual que en una reunión de ayuntamiento, cuando los concejales no se ponen de acuerdo.

Finalmente el rey bajó el cetro. Las voces se acallaron y dijo:

—¡Buen hombre, llévanos donde quieras!

Azadonio sonreía y pensaba que aquel barrigudo, al que llamaban Golosonio, se iba a enterar. Ahora va a saber lo que es tener hambre de verdad.

Entonces restalló el látigo, el caballo tiró y el carro fue traqueteando, con su extraño cargamento, a través de la noche.

«De cómo Golosonio va a parar
a Aldeacuesta en lugar de a Costosia»

Ya llevaban un par de horas de camino cuando, a lo lejos, con las primeras luces del alba, se empezaron a distinguir los contornos de algunas casas. Los duendes iban dando cabezadas y, de repente, fueron despertándose debido al restallar del látigo del carrero.

Éste gritó:

—Nos acercamos a Costosia. Es un lugar que hace honor a su nombre: mucha comida y opulencia. Y, por supuesto, es un lugar pequeño. Pero, tres o cuatro de vosotros podréis comer aquí mucho y bien.

—¿Mucho y bien?

Golosonio había aguzado el oído.

—¿Es verdad lo que dices? —preguntó, desconfiado.

—Claro —respondió Azadonio—, todos estos campesinos tienen vacas gordas en el establo. Hay leche, mantequilla y queso en abundancia. Las campesinas tienen excelentes huertas y, además, saben cocinar. Toda la semana tienen caldo y carne asada. Los viernes amasan pan y, el sábado, hacen tortas, por lo que todo el pueblo huele a eso. ¡Pero llega el domingo! Y, cuando el campesino acaba de comer, a continuación, se sienta otra vez para tomar café y pastel.

—¡Alto, alto! —gritó Golosonio—. Quiero bajar del carro. Me quedo en Costosia.

De repente, el campesino tiró de las riendas, el caballo se paró y Golosonio se cayó del carro:

—¡Ay!, ¡ay! —se quejaba, palpándose las costillas.

Pero había caído sobre un montón de arena y no se había hecho daño. Miró a su alrededor y pudo ver cómo el carro desaparecía, con sus compañeros, en la oscuridad. Le entró mucho miedo al comprobar que estaba sentado sobre un montón de arena, solo y de noche. Se levantó con trabajo y, para su sorpresa, descubrió que alguien salía, arrastrándose también, del montón de arena.

—¿Me engañan los ojos o eres tú, Sabilondo?

—Soy yo, Golosonio —dijo.

—¿Te caíste del carro?

—No, quise saltar. Tú también quieres visitar las famosas despensas de Costosia, ¿eh?

—¿Qué estás diciendo? Un sabio no se tira, por una corteza de tocino, a un montón de arena. Lo hice por otros motivos.

Golosonio respondió:

—¿Y cuáles son?

—Donde hay grasa de comida, hay gansos; donde hay gansos, hay plumas; y, si tengo plumas, puedo escribir. ¿Me sigues?

—Con dificultad —respondió Golosonio, impertinente, pues le gustaba que Sabilondo le tuviera por tonto.

Aunque se había alegrado de tener a un amigo cerca, ahora le preocupaba otra cosa: que Sabilondo, en su afán por conseguir plumas de ganso, actuara tan torpemente que se despertaran todos los gansos. Entonces empezarían a gritar, se despertarían las campesinas y les descubrirían, bien recogiendo plumas o bien poniéndose las botas en la despensa; y se habría acabado la historia de «comer mucho y bien». No, ni pensarlo. Había que disuadir a Sabilondo de que fuera al pueblo.

Después de mucho darle vueltas, Golosonio dijo a Sabilondo:

—Creo que no está bien que el mejor y único cronista de la Corte del rey Glicerico VII se siente con el pueblo sencillo, como son los campesinos, a una mesa y coma de un mismo plato. Te hago una propuesta:

—Te buscas por aquí algo confortable y primero voy yo solo al pueblo. Lo exploro todo y, cuando esté harto de comer, te traigo todo lo que pueda y, además, un montón de plumas de ganso.

Sabilondo estuvo de acuerdo en seguida. A Golosonio le dio un poco de pena que su amigo confiara tanto en él y no tuviera ninguna reserva. Los dos se despidieron y Golosonio se puso en camino hacia el pueblo.

Pronto llegó al caserío más grande. Se metió por la gatera que habían dejado para el gato y, en seguida, encontró la despensa. El lugar estaba lleno de jarrones, cestos y comederos. Y, en las estanterías, había muchas cazuelas. Pero allí donde Golosonio ponía los ojos no encontraba nada, absolutamente nada. Solamente olía a polvo y moho.

Golosonio probó fortuna en la cocina. El fogón estaba frío; el día anterior no había habido fuego, los platos estaban limpios y, en la mesa, no había ni una migaja de pan. La decepción fue grande.

«Quizá viva aquí el único pobre del pueblo», pensó el hambriento duendecillo, y lo intentó en la casa siguiente.

No encontró nada, ni una cama suave, ni vajilla ordenada... Los hombres que dormían allí parecían consumidos y tristes. Tampoco tuvo éxito en la búsqueda de plumas de ganso. Todas las que encontró estaban rotas y no se podían utilizar para escribir. Finalmente tuvo que reconocer que no había absolutamente nada que buscar en Costosia.

Entonces decidió regresar adonde había dejado a Sabilondo y darle la triste noticia. Al llegar a la entrada del pueblo, descubrió un letrero que no había visto al pasar antes.

«Me gustaría saber cómo se llama realmente este pueblo», pensó Golosonio para sí. Entonces tuvo pesares por haber abandonado en aquel lugar a Sabilondo, pues la lectura no era precisamente su fuerte. Así que se colocó delante del letrero y empezó a deletrear:

—¡Al-dea-cues-ta! ¡Aldeacuesta! ¡Este lugar se llama Aldeacuesta, ciudad de hambre, abandonada de Dios! —suspiró Golosonio—.
¡El campesino me ha engañado!

Capítulo IV

Los duendes
en la
residencia de verano

«De adónde fueron conducidos los pasajeros
por el campesino Azadonio»

«¿**A** dónde nos llevará este hombre?», se preguntaban los duendecillos.

Les parecía que el viaje nunca iba a acabar. Estaban todos muy preocupados por la desaparición de sus compañeros.

—¿Iremos a visitar a un rey? —preguntó Riguroso, el fiscal general del Estado.

Entonces nuestro rey tendría, por fin, a alguien de su igual.

—Exacto —dijo Boliche, quien no se diferenciaba en nada de Golosonio en cuanto a la glotonería y que, a pesar de los tiempos difíciles de la cueva de cristal, se había quedado redondo—. Se cuenta que los reyes de los hombres sólo comen los más finos manjares y, además, en gran cantidad...

—¡Cierra la boca, Boliche! —le interrumpió Tallito, a quien le venían muy anchos los vestidos.

—Te estás volviendo tan torpe que pronto ya no servirás más de paje del rey.

—No hay muchos reyes por aquí —interrumpió la disputa Azulón—, pero quizá encontremos algún príncipe.

Eso le gustó a Lucecita.

—Sí, en la Corte de los príncipes se pasa muy bien. Toda la noche están alumbrando miles de velas. Cuando hace frío, arde el fuego en las chimeneas. Por la noche hay obras de teatro y, después, baile que dura hasta la madrugada.

—¡Ah!, un conde también lo haría —suspiró Dormilón—. Los condes tienen camas suaves y de seda, y los pajes deben saber muchas canciones de cuna para que los señores condes se puedan dormir. Se han desterrado de la Corte todos los despertadores y, en un radio de siete millas, los campesinos no pueden tener gallos.

Dormilón bostezó:

—¡El desayuno es a las once, pero qué desayuno!

—Yo me contentaría con un barón —dijo Rabito—; oí hablar de uno que tenía excelentes caballos con los que se podía cabalgar por el país como un relámpago. Por el otoño, el señor barón invitaba a la cacería y, entonces, las trompas de caza sonaban. ¡Los caballos y la jauría de perros estaban impacientes por echar a correr al bosque!

—¡Pero, sed realistas! —les advirtió otra vez Casaca Azul—. En esta pobre región no hay nobles. Lo más que nos podría encontrar el campesino sería un rico propietario de tierras. ¡Pero uno así tampoco es paja! En primavera hay floridas praderas, alrededor de la casa, con abejas y bellas mariposas; en verano, un lugar sombreado bajo los tilos; en otoño, alegres y sonadas fiestas, y, en invierno, la casa está siempre caliente.

Entonces intervino en la conversación, por fin, el rey:

—Casaca Azul: me gustaría esa vida que describes para mis súbditos. ¡Vete y pide al campesino que nos conduzca hasta ese propietario!

Azadonio había oído las palabras del rey:

—Hago lo que puedo —dijo.

A continuación el carro tomó un atajo. El caballo empezó a ir a paso ligero y a resoplar, pues sentía ya la proximidad del establo.

Entonces se paró y Azadonio gritó:

—¡Abajo, hemos llegado!

Los duendecillos se quitaron las capuchas que, debido al frío de la mañana, se habían calado hasta las orejas, y miraron, curiosos, a su alrededor. Pero, por mucho que se esforzaban y se ponían de puntillas, girando la cabeza a derecha e izquierda; no veían nada, absolutamente nada.

—¿Qué puede haber aquí? —preguntó alguien.

—Allá está mi casa —explicó el campesino Azadonio, que desenganchaba el caballo.

En ese momento salió el sol e iluminó una miserable casa. Detrás de una cerca, que apenas se podía mantener en pie, se levantaba una choza de barro con un tejado bajo y encorvado, y cuyos agujeros estaban remendados con paja. En el jardín había mucha maleza. Las pequeñas ventanas estaban totalmente sucias y los goznes de la puerta rechinaban.

—¿Nos tomas el pelo? —preguntaron los duendecillos.

—¿Por qué? —respondió el campesino.

—Es una casa. Alrededor hay una pradera y, más allá, corre un arroyo. Quien quiera puede quedarse y, al que no le guste, puede marcharse.

Riguroso pregunto:

—¿Y dónde tendrá el rey una vivienda digna?

—El sol no tiene inconveniente en hospedarse en mi casa. Por eso también creo que será lo suficientemente buena como para albergar a vuestro rey —replicó el campesino.

—¿Y dónde, por el amor de Dios, colocaremos el tesoro del Estado? —preguntó Parlancete, el tesorero.

—No hay problema. Ya hace tiempo que los ratones se han marchado. Encontrarás muchas madrigueras desocupadas y oscuras.

El divertido Canuto, entre tanto, había echado un vistazo a su alrededor. Encontró, en el más abandonado jardín, florecientes cerezos y, en el estanque, pudo observar cómo vivía una familia de ranas. De la finca había levantado el vuelo una alondra cantando su canción matutina. En todas partes lucía un sol brillante y Canuto sentía cómo el agradable calor le calaba hasta los huesos. Entonces empezó a bailar alrededor del carro y cantó:

*A mis pies, la buena tierra,*
*arriba, el azulado cielo,*
*¿es que hay para los duendes*
*algo mejor que todo esto?*

## «De cómo los duendecillos descubren a los hijos de Azadonio»

Cuando los duendecillos abrieron la puerta para ver por dentro la casa de Azadonio, empezaron a chirriar los goznes. La choza sólo tenía una habitación, con un fogón enorme en el medio; puesta allí había una cazuela con algunas patatas cocidas. Además, había un cubo de agua con un cucharón de hojalata y un par de cazuelas de barro. La puerta del armario estaba medio abierta. Se veían tazas, platos y un trozo de pan. Alguien había colocado un cesto de cebollas sobre la mesa.

Los duendecillos sacudieron la cabeza al ver semejante pobreza. Como no se atrevían a hablar en voz alta delante de Azadonio, se daban codazos y señalaban, sin decir nada, hacia los cristales rotos, el tejado agujereado y las muchas telarañas que cubrían las ventanas. Únicamente Canuto no perdía el humor. Daba saltos por allí, aplaudía y decía:

—Hemos encontrado un palacio, el más hermoso del mundo. ¡Mirad cómo la aurora reluce por el tejado, cubriendo las paredes de color púrpura! En el nido de golondrinas ha empezado a sonar la música: ¡pío, pío! Nos acompañará en la cena, ¡pío, pío! Y el aroma de las lilas nos llegará por la ventana.

—¡Pssst, pssst!

Boliche puso el dedo en la boca.

—¡Venid y no metáis ruido, aquí hay alguien!

Boliche había descubierto, en una esquina de la habitación, a dos niños durmiendo en un catre. Los dos rubios rapaces estaban echados sobre un montón de paja y sólo tenían por encima un fino trozo de tela que les protegía del frío.

Los duendecillos se acercaron de puntillas a la cama. El rey Glicerico miró a los dos niños, después bajó su cetro sobre ellos y dijo:

> —*A pesar de la pobreza,*
> *creced.*
> *A la sombra de las lilas,*
> *creced.*
> *¡Creced entre el gorjeo*
> *de las golondrinas,*
> *haceos grandes y fuertes!*
> *Nuevos muros levantad*
> *y con vuestras propias manos*
> *de vida la casa llenad.*
> *Hacedlo con ilusión*
> *y tendréis mi bendición.*

Entonces tocó suavemente con su cetro sobre las frentes de los niños. Después se acercó Azadonio, que había ido a dar la comida al caballo. Se tuvo que agachar mucho para pasar por la puerta y, después, tiró la gorra sobre la mesa.

Los duendecillos preguntaron si aquellos eran sus hijos.

—¡Claro que son mis hijos! Pero la belleza la han heredado de su madre, que murió hace tiempo y que era bellísima. ¡Pobres infelices! —exclamó con tristeza.

—Ten ánimo —le consoló Glicerico—, ¡vas a ver qué hermosos crecerán!

Después ordenó a su séquito que metieran dentro todas las cajas para esconderlas con cuidado. Azadonio se sentó en el banco a mirar con indiferencia el ajetreo del pequeño pueblo. Ya al amanecer, había descubierto que aquellos tesoros eran cajas normales de madera llenas de cantos y arena. Quizá una vez hubo dentro un granate o un cristal de roca. Las barras de oro resultaron ser pajas y juncos corrientes. Allí había desaparecido la magia de la noche, los brillos y los destellos. No obstante, Azadonio les dejó hacer. Tenía la sensación de que podrían traerle suerte. Después de que los duendes lo tenían todo colocado y habían desaparecido por una madriguera de ratones, Azadonio golpeó con el látigo en el suelo.

—¡Arriba, Kuba y Vostek, levantaos! —gritó con aspereza—. ¿No habéis oído que ha llegado vuestro padre?

Los muchachos se incorporaron y se restregaron los ojos.

—¿Nos has traído alguna cosa del mercado? —preguntaron casi al unísono.

—No, los negocios no van bien —respondió el padre.

Pero Kuba, el mayor, estaba con el pensamiento en otra parte.

—Padre —dijo—, ¡he visto a un rey!

Azadonio se asustó. No quería que sus hijos se enteraran, pues se lo podrían contar a la vecina y tenía miedo de que pronto lo supiera todo el pueblo. Azadonio sabía, por su abuela, que eso no les gustaba a los duendecillos.

Entonces dijo a Kuba:

—Has tenido un sueño. Aquí no hay reyes.

Pero el muchacho insistió:

—Sí, padre, he visto realmente a un rey. Era pequeño, con una corona en la cabeza y llevaba puesto un abrigo color púrpura. También tenía un cetro en la mano, tan hermoso como una estrella. Lo he visto —añadió testarudo.

—Te voy a enseñar a ver reyes donde no los hay —le gritó su padre—. Levantaos de la cama e id inmediatamente al bosque a recoger leña.

Los chicos se levantaron, metieron las manos en el cubo de agua y se lavaron un poco la cara. Después, cada uno tomó de la cazuela una patata cocida. Cuando ya se disponían a salir de casa les llamó otra vez Azadonio:

—Os lo repito: no habéis visto ningún rey. Si uno de vosotros lo sigue diciendo, lo muelo a palos. ¿Entendido?

—Sí, padre —asintieron los chicos, y se fueron.

Cuando estuvieron lejos de la casa, Kuba dijo a su hermano:

—¡Oye tú, te digo que he visto a un rey!

«De cómo se instalan en la residencia
de verano el rey y su séquito»

El rey Glicerico VII fue, en persona, por los oscuros entresijos de
la madriguera de los ratones a comprobar si todos los tesoros estaban
seguros y en lugar seco. Después, poniéndose a la cabeza de su pueblo con mucha dignidad, se dirigió hacia un puntito pequeño y claro.
Por allí salieron otra vez todos fuera.

Los duendecillos se encontraban cerca de la casa de Azadonio, en
un terreno que había estado sin cultivar desde hacía mucho tiempo.
Allí habían crecido magníficas plantas: dientes de león, candelarias...
Las rosas silvestres lo llenaban todo de un fino aroma, y las hojas de
fárfara formaban parasoles que proyectaban unas sombras verdes.

Un arroyuelo susurraba alegremente por el lugar, como si quisie-
ra saludar a los duendecillos. El terreno era seco y arenoso; sólo más
allá, hacia el bosque, había una hondonada húmeda llena de ranas.
Y, justamente en ese momento, llenaban el ambiente con su croar.

Los estorninos y mirlos cantaban con todas sus fuerzas. Era un auténtico concierto matutino de primavera. El rey lo inspeccionó todo; incluso se agachó a tocar la tierra para ver si también estaba seca. Miró las plantas para comprobar si entre ellas había alguna venenosa, respiró por la nariz para sentir la frescura del aire y, por último, escuchó atentamente el canto de los pájaros: debía ser alegre y no melancólico. Entonces bajó el cetro, como siempre que tenía algo importante que decir, y habló de esta manera:

—Aquí se está bien, quedémonos aquí.

Los súbditos reales tenían mucho que hacer. Primero debían prepararle a su señor un aposento digno. Canuto descubrió en seguida que el viejo roble estaba hueco por dentro.

—¡Venid a ver! —gritó.

—¡He encontrado al rey una residencia veraniega!

Sus compañeros se rompían la cabeza para decorar, de la mejor manera posible, el hueco del árbol. Entonces tomó la palabra Paredonio, el arquitecto de la Corte:

—Bien, señores, si no se os ocurre más... Las paredes las revestiremos con musgo aterciopelado que hay, en gran abundancia, en el bosque. Uno de nosotros volverá a la choza de Azadonio a recoger un cesto lleno de telarañas. Una vez lavadas, harán de cortinas. Los más fuertes de nosotros talarán una candelaria. Cuando esté totalmente florida, el rey tendrá un magnífico candelabro. ¿Quién está dispuesto a tejer una alfombra de avena? Por último, los duendecillos que mejor vista tengan deberán buscar pelillos y plumones para que el rey tenga una cama suave. ¿Estáis de acuerdo?

Los compañeros aplaudieron y se pusieron manos a la obra. Por la tarde el rey ya pudo entrar a vivir en el nuevo palacio-árbol. Puso el cetro en una esquina, y el diamante despidió una luz tan clara que deslumbró los cansados ojos del viejo hombrecillo. Entonces, puso delante una hoja de fárfara y, poco después, una suave luz iluminaba el salón.

Entre tanto, los cortesanos y pajes se habían instalado por entre las raíces del nudoso roble. Estaban lo suficientemente cerca de él para servirle a la menor señal, pero también lejos para no molestarle mientras reflexionaba.

Una vez resuelta la cuestión de la vivienda, solamente resta-
ba un tema: comer. Boliche ya no aguantaba más el hambre. Decía
que un cocinero del rey, con tanta fantasía como él, tenía difícil hacer una buena comida en primavera. Pero también sabía salir del
paso: encontró una seta de primavera y algunas fresas. Con las raíces
de las malvas se podía preparar un plato exquisito. Boliche llegó con

un puñado de nueces que había descubierto en la olvidada despensa de una ardilla. Había ensalada de trébol fresco y, para beber, néctar de ortigas muertas. Sólo faltaba una cocina. Primero, el cocinero mandó construir un fogón con piedras. Entonces, Boliche, a quien se le ocurrían las mejores ideas cuando tenía hambre, hizo un descubrimiento: escondida entre la hierba estaba la concha de un caracol. Boliche hizo una chimenea de barro, construyó una puerta, y así tuvieron un horno.

Ya estaba avanzada la noche cuando empezó a subir un humo fino que desprendía un agradable olor a comida. Las ranas se acercaron, curiosas; al gato de Azadonio se le erizó el pelo en la cocina, y Kuba y Vostek, que dormían en una cama dura arrimados el uno al otro, preguntaron en sueños:

—¿Qué es lo que huele tan bien?

Mientras tanto, el rey estaba sentado en su trono, reflexionando sobre su larga vida, en la que había realizado actos buenos para los hombres y conservado los tesoros de la tierra para que no cayeran en manos de malvados. Pero, ante todo, pensaba en cómo podría ayudar al pobre Azadonio.

FIN

*Bien, hasta la última hoja,*
*ya está leído;*
*espero que bueno haya sido*
*y que os haya complacido.*

*Pero nuestros duendecillos*
*no están muertos ni han pasado.*
*Todavía vendrá la segunda historia*
*de los buenos hombrecillos.*

*Con los gansos Marisa vendrá,*
*son siete, los que cuidará;*
*de Azadonio hablando se seguirá*
*y de cómo a Glicerico la suerte le favorecerá.*

*¿Por qué ha muerto la rana?*
*¿De qué Roemilda se habla?*
*¡No echaréis en falta tensión;*
*por esto, empezad ya*
*a leer con gran ilusión!*